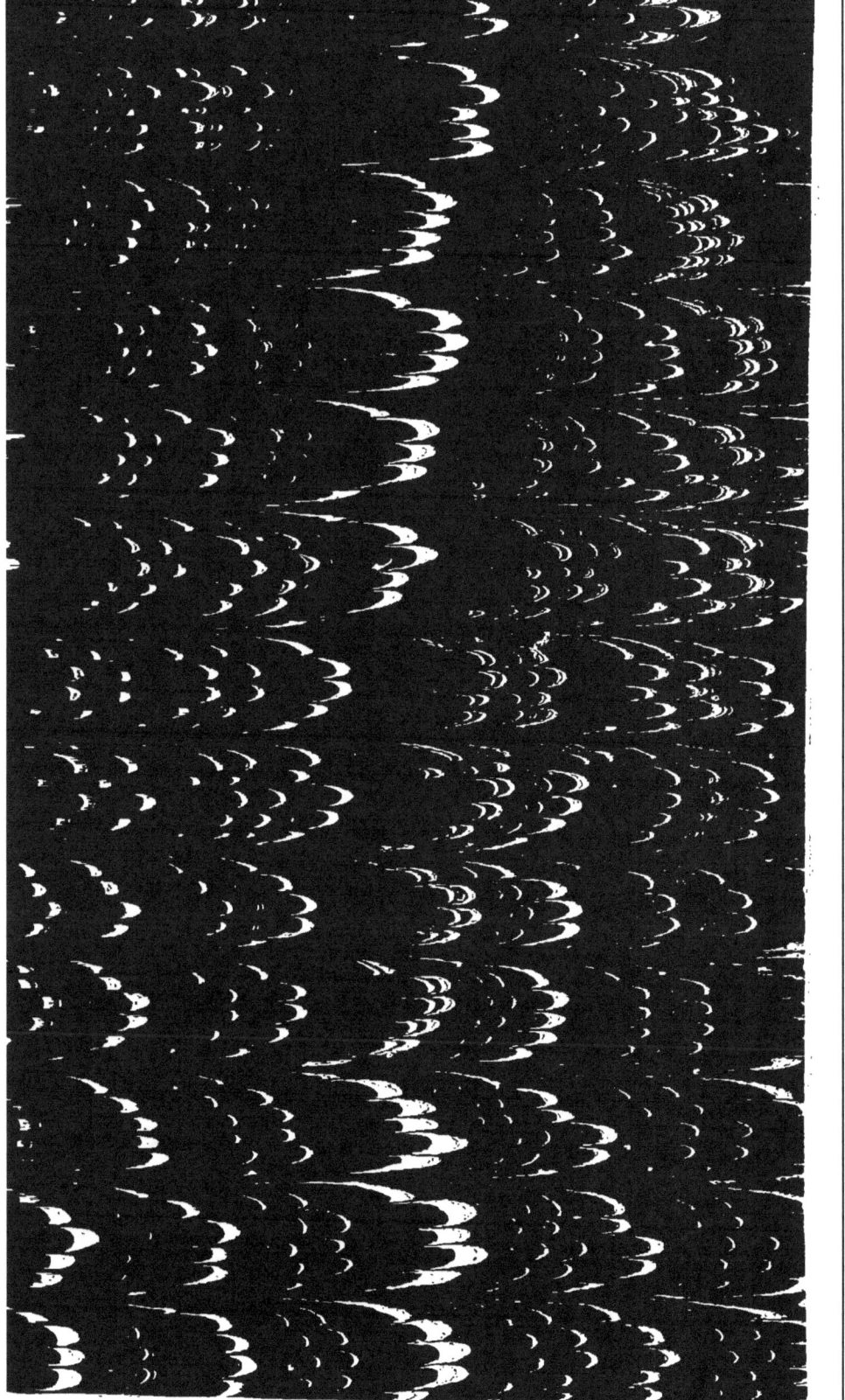

SATIRE

Du Sr. *DESPREAUX*

Contre les

FEMMES,

avec

L'APOLOGIE

des

FEMMES

Par Mr. *PERRAULT.*

A AMSTERDAM,

Chez ADRIAN BRAAKMAN, dans le Beurs-
ſtraat prés le Dam, à l'Enſeigne de la
Ville d'Amſterdam.
cIɔ Iɔc xcIV.

AU LECTEUR.

VOICI enfin la Satire qu'on me demande depuis si long-temps. Si j'ai tant tardé à la mettre au jour, c'est que j'ay esté bien aise qu'elle ne parût qu'avec la nouvelle édition qu'on faisoit de mon livre, où je voulois qu'elle fût inserée. Plusieurs de mes Amis à qui je l'ai lûë, en ont parlé dans le monde avec de grands éloges, & ont publié que c'estoit la meilleure de mes Satires. Ils ne m'ont pas en cela fait plaisir. Je connois le Public. Je sçay que naturellement il se revolte contre ces loüanges outrées qu'on donne aux Ouvrages avant qu'ils ayent paru; & que la pluspart des Lecteurs ne lisent ce qu'on leur a élevé si haut, qu'avec un dessein formé de le rabaisser.

Je declare donc, que je ne veux point profiter de ces discours avantageux : & non seulement je laisse au Public son jugement libre, mais je donne plein pouvoir à tous ceux qui ont tant critiqué mon Ode sur Namur, d'exercer aussi contre ma Satire toute la rigueur de leur Critique. J'espere qu'ils le feront avec le mesme succés : & je puis les asseurer que tous leurs discours ne m'obligeront point à rompre l'espece de vœu que j'ay fait de ne jamais défendre mes Ouvrages, quand on n'en attaquera que les mots & les syllabes. Je sçauray fort bien soûtenir contre ces Censeurs, Homere, Horace, Virgile, & tous ces autres grands Personnages dont j'admire les écrits : mais pour mes écrits, que je n'admire point, c'est à ceux qui les approuveront à trouver des raisons pour

les

AU LECTEUR.

les défendre. C'est tout l'avis que j'ay à donner
ici au Lecteur.

La bienséance néanmoins voudroit, ce me
semble, que je fisse quelque excuse au beau Sexe,
de la liberté que je me suis donnée de peindre ses
vices. Mais au fond, toutes les peintures que
je fais dans ma Satire sont si générales, que bien
loin d'apprehender que les Femmes s'en offensent, c'est sur leur approbation & sur leur curio-
sité que je fonde la plus grande espérance du
succés de mon Ouvrage. Une chose au moins
dont je suis certain qu'elles me louëront, c'est
d'avoir trouvé moyen dans une matiere aussi dé-
licate que celle que j'y traite, de ne pas laisser
échaper un seul mot qui pût blesser le moins du
monde la pudeur. J'espere donc que j'obtiendrai
aisément ma grace, & qu'elles ne seront pas plus
choquées des prédications que je fais contre
leurs défauts dans cette Satire, que des Satires
que les Prédicateurs font tous les jours en chaires
contre ces mêmes défauts.

SATI-

SATIRE.

Du Sr. DESPEAUX.

ENFIN bornant le cours de tes galanteries,
  Alcippe, il eſt donc vray, dans peu tu te maries.
  Sur l'argent, c'eſt tout dire, on eſt déja d'accord.
Ton Beaupere futur vuide ſon coffre fort :
Et déja le Notaire a, d'un ſtile énergique,
Griffonné de ton joug l'inſtrument authentique.
C'eſt bien fait. Il eſt temps de fixer tes deſirs.
Ainſi que ſes chagrins l'Hymen a ſes plaiſirs.
Quelle joye en effet, quelle douceur extrême !
De ſe voir careſſé d'une Epouſe qu'on aime ;
De s'entendre appeller *petit Cœur*, ou *mon Bon* ;
De voir autour de ſoi croiſtre dans ſa maiſon,
Sous les paiſibles loix d'une agreable Mere,
De petits Citoyens dont on croît être Pere.
Quel charme ! au moindre mal qui nous vient menacer
De la voir auſſi-tôt accourir, s'empreſſer,
S'effrayer d'un peril qui n'a point d'apparence,
Et ſouvent de douleur ſe paſmer par avance.
Car tu ne ſeras point de ces Jaloux affreux,
Habiles à ſe rendre inquiets, malheureux,
Qui tandis qu'une Epouſe à leurs yeux ſe deſole,
Penſent toûjours qu'un autre en ſecret la conſole.
  Mais quoi ! je voy déja que ce diſcours t'aigrit :
Charmé de Juvenal *, & plein de ſon eſprit
Venez-vous, diras-tu, dans une piece outrée,
Comme lui nous chanter, † *Que dés le temps de Rée*
La Chaſteté déja, la rougeur ſur le front,
Avoit chés les Humains reçû plus d'un affront :
Qu'on vid avec le fer naître les Injuſtices,
L'Impieté, l'orgueil, & tous les autres Vices,

A 3

Mais

* *Juvenal a fait une Satire contre les Femmes, qui eſt ſon plus bel ouvrage.*
  † *Paroles du commencement de la Satire de Juvenal.*

Mais que la Bonne foy dans l'amour conjugal
N'alla point jusqu'au temps du troisiéme Metal ?
Ces mots ont dans la bouche une emphaze admirable :
Mais je vous diray, moi, sans alleguer la fable :
Que si sous Adam mesme & loin avant Noé,
Le Vice audacieux des Hommes avoüé
A la triste innocence en tous lieux fit la guerre,
Il demeura pourtant de l'honneur sur la Terre :
Qu'aux temps les plus féconds en Phrynés, en Laïs ;
Plus d'une Pénélope honora son païs ;
Et que mesme aujourd'hui, sur ces fameux modéles ;
On peut trouver encor quelques Femmes fideles.

Sans doute ; & dans Paris, si je sçay bien conter,
Il en est jusqu'à trois que je pourrois citer.
Ton Epouse dans peu sera la quatriéme.
Je le veux croire ainsi : Mais la Chasteté mesme
Sous ce beau nom d'Epouse entra-t-elle chés toy ?
De retour d'un voiage, en arrivant, croy-moy,
Fais toûjours du logis avertir la maistresse.
Tel partit tout baigné des pleurs de sa Lucresse,
Qui faute d'avoir pris ce soin judicieux,
Trouva.. Tu sçays... Je sçay que d'un conte odieux,
Vous avés comme moy sali vostre memoire.
Mais laissons là, dis-tu, Joconde & son histoire.
Du projet d'un Hymen déja fort avancé,
Devant vous aujourd'hui criminel denoncé,
Et mis sur la sellette aux piés de la Critique,
Je voy bien tout de bon qu'il faut que je m'explique.

Jeune autrefois par vous dans le monde conduit
J'ay trop bien profité, pour n'estre pas instruit
A quels discours malins le Mariage expose.
Je sçai, que c'est un texte où chacun fait sa glose ;
Que des Maris trompés tout rit dans l'Univers,
Epigrammes, Chansons, Rondeaux, Fables en vers,
Satire, Comedie ; & sur cette matiére
J'ay veu tout ce qu'ont fait la Fontaine & Moliére,
J'ay leu tout ce qu'ont dit Villon & Saint Gelais,
Arioste, Marot, Bocace, Rabelais,

Et

Et tous ces vieux Recueils de Satires naïves,
Des malices du Sexe immortelles archives.
Mais, tout bien balancé, j'ay pourtant réconnu,
Que de ces contes vains le monde entretenu,
N'en a pas de l'Hymen moins veu fleurir l'usage;
Que sous ce joug moqué tout à la fin s'engage :
Qu'à ce commun filet les Railleurs mesmes pris
Ont esté tres-souvent de commodes Maris;
Et que pour estre heureux sous ce joug salutaire
Tout depend, en un mot, du bon choix qu'on sçait
Enfin, il faut ici parler de bonne foy,   (faire.
Je vieillis; & ne puis regarder sans effroy,
Ces neveux affamés, dont l'importun visage
De mon bien, à mes yeux, fait déja le partage.
Je croy déja les voir, au moment annoncé
Qu'à la fin, sans retour, leur cher oncle est passé,
Sur quelques pleurs forcés, qu'ils auront soin qu'on
Se faire consoler du sujet de leur joye.   (voye,
Je me fais un plaisir, à ne vous rien celer,
De pouvoir, moi vivant, dans peu les desoler;
Et trompant un espoir pour eux si plein de charmes,
Arracher de leurs yeux de veritables larmes.
   Vous dirai-je encor plus ? Soit foiblesse, ou raison,
Je suis las de me voir les soirs en ma maison
Seul avec des Valets souvent voleurs & traistres,
Et toûjours, à coup seur, ennemis de leurs Maistres,
Je ne me couche point, qu'aussi tost dans mon lit
Un souvenir facheux n'apporte à mon esprit
Ces Histoires de morts lamentables, tragiques.
Dont Paris tous les ans peut grossir ses Chroniques.
Dépoüillons-nous ici d'une vaine fierté :
Nous naissons, nous vivons pour la societé.
A nous mesmes livrés dans une solitude
Nostre bonheur bien-tost fait nostre inquietude :
Et si, durant un jour, nostre premier Ayeul
Plus riche d'une coste avoit vescu tout seul,
Je doute, en sa demeure alors si fortunée,
S'il n'eût point prié Dieu d'abreger la journée.

N'allons donc point ici réformer l'Univers,
Ni par de vains difcours & de frivoles vers
Etalant au Public noftre mifanthropie,
Cenfurer le lien le plus doux de la vie.
Laiflons-là, croyés moi, le monde tel qu'il eft.
L'Hymenée eft un joug, & c'eft ce qui m'en plaift.
L'Homme en fes paffions toûjours errant fans guide
A befoin qu'on lui mette & le mors & la bride.
Son pouvoir malheureux ne fert qu'à le gefner,
Et pour le rendre libre, il le faut enchaîner.
C'eft ainfi que fouvent la main de Dieu l'affifte.
Ha bon ! voilà parler en docte Janfenifte !
Alcippe, & fur ce point fi fçavamment touché,
Des-mares, *dans faint Roch,n'auroit pas mieux pref-
Mais c'eft trop t'infulter. Quittons la raillerie.   ché.
Parlons fans hyperbole & fans plaifanterie.
Tu viens de mettre ici l'Hymen en fon beau-jour.
Enten donc : & permets, que je prefche à mon tour.
    L'Epoufe que tu prens, fans tache en fa conduite,
Aux vertus, m'a-t-on dit, dans Port-Royal inftruite.
Aux loix de fon devoir régle tous fes defirs,
Mais qui peut t'affurer, qu'invincible aux plaifirs
Chés toy dans une vie ouverte à la licence,
Elle confervera fa premiere innocence ?
Par toi-mefme bien-toft conduite à l'Opera,
De quel air penfes-tu, que ta Sainte verra
D'un fpectacle enchanteur la pompe harmonieufe,
Ces danfes, ces Heros à voix luxurieufe ;
Entendra ces difcours fur l'amour feul roulans,
Des douceureux Renauds, ces infenfez Rolands ;
Sçaura d'eux qu'à l'Amour, comme au feul Dieu fu-
On doit immoler tout,jufqu'à la vertu même : (préme
Qu'on ne fçauroit trop toft fe laiffer enflammer :
Qu'on n'a receu du Ciel un cœur que pour aimer ;
Et tous ces Lieux communs de Morale lubrique
Que Lully rechauffa des fons de fa mufique ?

                                        Mais

_____

* *Le Pere Des-mares fameux Predicateur.*

Mais de quels mouvemens dans son cœur excit s
Sentira-t-elle alors tous ses sens agités ?
Je ne te répons pas , qu'au retour moins timide
Digne Ecoliere enfin d'Angelique & d'Armide ,
Elle n'aille à l'inftant pleine de ces doux fons ;
Avec quelque Medor pratiquer ces leçons.
  Suppofons toutefois , qu'encor fidele & pure
Sa vertu de ce choc revienne fans bleffure.
Bien-toft dans ce grand Monde , oû tu vas l'entrainer ,
Au milieu des écueils qui vont l'environner
Crois-tu que toûjours ferme aux bords du précipice.
Elle pourra marcher fans que le pié lui gliffe ,
Que toûjours infenfible aux difcours enchanteurs
D'un idolâtre amas de jeunes Séducteurs ,
Sa fageffe jamais ne deviendra folie ?
D'abord tu la verras , ainfi que dans Clélie ,
Recevant fes Amans fous le doux nom d'Amis ,
S'en tenir avec eux aux petits foins permis ;
Puis bien-toft en grande eau fur le fleuve de Tendre ,
Naviger à fouhait , tout dire , & tout entendre.
Et ne préfume pas que Venus , on Sathan
Souffre qu'elle en demeure aux termes du Roman.
Dans le crime il fuffit qu'une fois on débute ,
Une chûte toûjours attire une autre chûte.
L'Honneur eft comme une Ifle efcarpée & fans bords ,
On n'y peut plus rentrer dés qu'on en eft dehors.
Peut-eftre avant deux ans ardente à te déplaire ,
Eprife d'uu Cadet , yvre d'un Moufquetaire ,
Nous la verrons hanter les plus honteux brelans.
Donner chés la Cornu rendés-vous aux Galans ,
De Phédre dédaignant la pudeur enfantine ,
Suivre à front decouvert Z . . . . & Meffaline :
Conter pour grands exploits vingt hommes rüinés ,
Bleffés , bartus pour Elle , & quatre affaffinés.
Trop heureux ! fi toûjours ainfi defordonnée ,
Sans méfure & fans régle au vice abandonnée ,
Par cent traits d'impudence aifés à ramaffer ,
Elle t'acquiert au moins un droit pour la chaffer.

Mais que deviendras-tu , si folle en son caprice
N' aimant que le scandale & l' éclat dans le vice.
Bien moins pour son plaisir , que pour t' inquieter,
Au fond peu vicieuse elle aime à coqueter ?
Entre nous, verras-tu, d' un esprit bien tranquille ,
Chés ta Femme aborder & la Cour & la Ville ?
Tout hormis toi , chés toi , rencontre un doux acueil.
L' un est payé d' un mot ; & l'autre d'un coup d' œil.
Ce n'est que pour toi seul qu'elle est fiere & chagrine ,
Aux autres elle est douce , agreable , badine :
C'est pour eux qu'elle étale & l'or & le brocard ;
Que chés toi se prodigue & le rouge & le fard ,
Et qu'une main sçavante , avec tant d' artifice,
Bastit de ses cheveux le galant édifice.
Dans sa chambre, croy moi, n'entre point tout le jour.
Si tu veux posseder ta Lucrece à ton tour ;
Attend , discret Mari , que la Belle en cornette
Le soir ait étalé son teint sur la toilette ,
Et dans quatre mouchoirs de sa beauté salis
Envoyé au Blanchisseur ses roses & ses lys.
Alors tu peux entrer : mais sage en sa présence
Ne va pas murmurer de sa folle dépense.
D'abord l'argent en main paye & viste & contant.
Mais non ; fay mine un peu d'en estre mécontent,
Pour la voir aussi-tost , sur ses deux piés haussée,
Déplorer sa vertu si mal recompensée.
Un Mari ne veut pas fournir à ses besoins.
Jamais Femme aprés tout a-t-elle coûté moins ?
A cinq cens Louis d'or tout au plus chaque année
Sa depense en habits n'est-elle pas bornée ?
Que répondre ? Je voy, qu'à de si justes cris
Toi-mesme convaincu déja tu t'attendris,
Tout prest à la laisser , pourveu qu'elle s'apaise ,
Dans ton cofre en pleins sacs puiser tout à son aise.
    A quoi bon en effet t'allarmer de si peu ?
Hé que seroit-ce donc , si le Demon du jeu
Versant dans son esprit sa ruineuse rage ,
Tous les jours mis par elle à deux doigts du naufrage

Tu

Tu voyois tous tes biens au fort abandonnés
Devenir le butin d'un Pic ou d'un Sonnés ?
Le doux charme pour toi ! de voir, chaque journée,
De nobles Champions ta Femme environnée,
Sur une table longue & façonnée exprés
D'un Tournois de Baſſette ordonner les apreſts,
Ou, ſi par un arreſt la groſſiere Police
D'un jeu ſi neceſſaire interdit l'exercice,
Ouvrir ſur cette table un Champ au Lanſquenet,
Ou promener trois Dés chaſſez de ſon cornet :
Puis ſur une autre table, avec un air plus ſombre,
S'en aller méditer une vole au jeu d'Ombre :
S'écrier ſur un As mal à propos jetté :
Se plaindre d'un Gano qu'on n'a point écouté ;
Ou, querellant tout bas le Ciel qu'elle regarde.
A la Beſte gemir d'un Roy venu ſans garde.
Chés elle en ces emplois, l'Aube du lendemain
Souvent la trouve encor les cartes à la main.
Alors pour ſe coucher les quittant, non ſans peine,
Elle plaint le malheur de la Nature humaine
Qui veut qu'en un ſommeil, où tout s'enſevelit,
Tant d'heures ſans joüer ſe conſument au lit.
Toutefois en partant la Troupe la conſole,
Et d'un prochain rétour chacun donne parole.
C'eſt ainſi qu'une femme en doux .amuſemens
Sçait du temps qui s'envole employer les momens,
C'eſt ainſi que ſouvent par une Forcenée
Une triſte Famille à l'Hoſpital trainée,
Void ſes biens en decret ſur tous les murs écrits,
De ſa déroute illuſtre effrayer tous Paris.

    Mais que plûtoſt ſon jeu mille fois te ruïne :
Que ſi la famelique & honteuſe Lézine
Venant mal à propos la ſaiſir au collet,
Elle te reduiſoit à vivre ſans valet,
Comme ce Magiſtrat, de hideuſe memoire,
Dont je veux bien ici te crayonner l'hiſtoire.

    Dans la Robbe on vantoit ſon illuſtre Maiſon.
Ileſtoit plein d'eſprit, de ſens, & de raiſon.

Seulement pour l'argent un peu trop de foiblesse
De ces vertus en lui ravaloit la noblesse.
Sa table toutefois, sans superfluïté,
N'avoit rien que d'honneste en sa frugalité,
Chés lui deux bons chevaux de pareille encoulure
Trouvoient dans l'écurie une pleine pasture,
Et du foin, que leur bouche au ratelier laissoit,
De surcroist une meule encor se nourrissoit.
Mais cette soif de l'or que le bruloit dans l'ame,
Le fit enfin songer à choisir une Femme;
Et l'honneur dans ce choix ne fut point regardé.
Vers son triste penchant son naturel guidé
Le fit dans une avare & sordide famille
Chercher un monstre affreux sous l'habit d'une fille,
Et sans trop s'enquerir d'où la Laide venoit,
Il sçût, ce fut assés, l'argent que'on lui donnoit.
Rien ne le rebutta; ni sa veuë éraillée
Ni sa masse de chair bizarrément taillée?
Et trois cent mille francs avec elle obtenus
La firent à ses yeux plus belle que Venus.
Il l'épouse, & bien-tost son Hostesse nouvelle
Le preschant, lui fit voir, qu'il estoit au prix d'elle,
Un vrai dissipateur, un parfait débauché.
Lui-mesme le sentit, reconnut son peché,
Se confessa prodigue: & plein de répentance
Offrit sur ses avis de régler sa dépense.
Aussi-tost de chés eux tout rosty disparut:
Le pain bis renfermé d'une moitié décrut:
Les deux chevaux, la mule au marché s'envolerent:
Deux grands laquais à jeun sur le soir s'en allerent:
De ces Coquins déja l'on se trouvoit lassé;
Et pour n'en plus revoir, le reste fut chassé,
Deux Servantes déja largement soufletées
Avoient à coups de pié descendu les montées,
Et se voyant enfin hors de ce triste lieu
Dans la ruë en avoient rendu graces à Dieu.
Un vieux Valet restoit, seul cheri de son Maistre,
Que toûjours il servit & qu'il avoit veu naistre,

Et

Et qui de quelque fomme amaffée au bon temps
Vivoit encor chés eux, partie à fes dépens.
Sa veuë embarraffoit ; il fallut s'en défaire :
Il fut de la maifon chaffé comme un Corfaire.
Voilà nos deux Epoux fans valets, fans enfans,
Tous feuls dans leur logis libres & triomphans.
Alors on ne mit plus de borne à la lézine :
On condamna la cave, on ferma la cuifine :
Pour ne s'en point fervir aux plus rigoureux mois,
Dans le fond d'un grénier on fequeftra le bois.
L'un & l'autre dés-lors vécut à l'aventure
Des préfens, qu'à l'abri de la Magiftrature,
Le Mari quelquefois des Plaideurs extorquoit,
Ou de ce que fa Femme aux Voifins excroquoit.
    Mais peut-eftre j'invente une fable frivole.
Démens donc tout Paris, qui prenant la parolle,
Sur ce fujet encor de bons témoins pourveu,
Tout preft à le prouver, te dira : Je l'ay veu.
Vingt ans j'ay veu ce Couple uni d'un mefme vice,
A tous mes Habitans montrer que l'avarice
Peut faire dans les biens trouver la pauvreté,
Et nous reduire à pis que la mendicité,
Des voleurs qui chez eux pleins d'efperance entrérent
A la fin un beau jour tous deux les maffacrérent.
Digne & funefte fruit du nœud le plus affreux
Dont l'Hymen aît jamais uni deux Malheureux !
    Ce recit paffe un peu l'ordinaire méfure.
Mais un exemple enfin fi digne de cenfure
Peut-il dans la Satire occuper moins de mots ?
Chacun fçait fon métier.   Suivons noftre propos.
Nouveau Prédicateur aujourd'hui, je l'avoüe,
Ecolier, ou plûtoft finge de Bourdaloüe,
Je me plais à rémplir mes fermons de portraits.
En voilà déja trois peints d'affez heureux traits,
La Femme fans honneur, la Coquette, & l'Avare.
Il faut y joindre encor la revefche Bizarre,
Qui fans ceffe, d'un ton par la colere aigri,
Gronde, choque, dément, contredit un Mari

Il n'est point de repos ni de paix avec elle.
Son mariage n'est qu'une longue querelle.
Laisse-t-elle un moment respirer son Epoux ?
Ses valets sont d'abord l'objet de son courroux,
Et sur le ton grondeur, lorsqu'elle les harangue,
Il faut voir de quels mots elle enrichit la langue.
Ma plume ici traçant ces mots par alphabet,
Pourroit d'un nouveau tome augmenter Richelet.
Tu crains peu d'essuyer cette étrange Furie.
En trop bon lieu, dis-tu, ton Epouse nourrie
Jamais de tels discours ne te rendra martyr.
Mais eût-elle sucé la raison dans Saint Cyr,
Crois-tu que d'une fille humble, honeste, charmante,
L'Hymen n'aît jamais fait de femme extravagante ?
Combien n'a-t-on point veu de Belles aux doux yeux,
Avant le mariage, Anges si gracieux,
Tout-à-coup se changeant en Bourgeoises sauvages,
Vrais Démons, apporter l'Enfer dans leurs ménages,
Et découvrant l'orgueil de leurs rudes esprits,
Sous leur Fontange altiére asservir leurs Maris?

   Et puis, quelque douceur dont brille ton Epouse,
Penses-tu, si jamais elle devient jalouse,
Que son ame livrée à ses tristes soupçons,
De la raison encore écoute les leçons ?
Alors, Alcippe, alors, tu verras de ses œuvres.
Resou-toy, pauvre Epoux, à vivre de coleuvres :
A la voir tous les jours dans ses fougueux accez,
A ton geste, à ton rire intenter un procez:
Souvent de ta maison gardant les avenuës,
Les cheveux herissez, t'attendre au coin des ruës :
Te trouver en des lieux de vint portes fermés,
Et par tout où tu vas, dans ses yeux enflammés
T'offrir, non pas d'Isis la tranquile Eumenïde,
Mais la vraye Alecto peinte dans dans l'Eneïde ; *
Un tison à la main chez le Roy Latinus,
Souflant sa rage au sein d'Amate & de Turnus.

                          Mais

* *Furie dans l'Opera d'Isis, qui demeure presque toû-*
jours à ne rien faire.

Mais quoy ? je chauſſe ici le Cothurne Tragique:
Reprenons au plûtoſt le Brodequin Comique ,
Et d'objets moins affreux ſongeons à te parler.

   Dy moy donc , laiſſant là cette Folle heurter ,
T'accommodes-tu mieux de ces douces Ménades ,
Qui dans leurs vains chagrins ſans mal toûjours mala-
Se font des mois entiers ſur un lit effronté ,   (des,
Traiter d'une viſible & parfaite ſanté ;
Et douze fois par jour , dans leur molle indolence,
Aux yeux de leurs Maris tombent en défaillance ?
Quel ſujet , dira l'un , peut donc ſi frequemment
Metre ainſi cette Belle aux bords du monument ?
La Parque raviſſant ou ſon fils ou ſa fille,
A-t-elle moiſſonné l'eſpoir de ſa famille ?
Non ; il eſt queſtion de réduire un Mari
A chaſſer un Valet dans la maiſon cheri ,
Et qui parce qu'il plaiſt , a trop ſceu lui déplaire :
Ou de rompre un voyage utile & neceſſaire ;
Mais qui la priveroit huit jours de ſes plaiſirs ;
Et qui loin d'un Galant objet de ſes deſirs . . .
O ! que pour la punir de cette Comedie,
Ne luy voy-je une vraye & triſte maladie ?
Mais ne nous fachons point. Peut-eſtre avant deux
Courtois & Dunyau mandés à ſon ſecours , (jours ,
Digne ouvrage de l'Art dont Hipocrate traite ,
Lui ſçauront bien oſter cette ſanté d' Athlete :
Pour conſumer l'humeur qui fait ſon embonpoint ,
Lui donner ſagement le mal qu'elle n'a point ,
Et fuyant de Fagon les maximes énormes ,
Au tombeau merité la metre dans les formes ;
Dieu veüille avoir ſon ame , & nous délivre d'eux.
Pour moy grand ennemi de leur art hazardeux.
Je ne puis cette fois que je ne les excuſe.
Mais à quels vains diſcours eſt-ce que je m'amuſe ?
Il faut ſur des ſujets plus grands , plus curieux ,
Attacher de ce pas ton eſprit & tes yeux,

   Qui s'offrira d'abord ? Bon ; c'eſt cette Scavante
Qu'eſtime Roberval , & que Sauveur frequente.

                           D'où

D'oû vient qu'elle a l'œil trouble, & le teint si terni?
C'est que sur le calcul, dit-on, de Cassini:
Un Astrolabe en main, elle a dans sa goutiere
A suivre Jupiter passé la nuit entiere.
Gardons de la troubler. Sa science, je croy,
Aura pour s'occuper ce jour plus d'un employ.
D'un nouveau Microscope on doit en sa présence
Tantost chez Dalancé faire l'experience;
Puis d'une femme morte, avec son embryon,
Il faut chez Du Vernay voir la dissection.
Rien n'échappe aux regards de nostre Curieuse.
     Mais qui vient sur ses pas! C'est une Précieuse,
Reste de ces Esprits jadis si rénommez
Que d'un coup de son art Moliere a diffamez
De tous leurs sentimens cette noble heritiere
Maintient encore ici leur secte façonniere.
C'est chez elle toûjours que les fades Auteurs
S'en vont se consoler du mépris des Lecteurs.
Elle y reçoit leur plainte, & sa docte demeure
Aux Perrins, aux Corras, est ouverte à toute heure:
Là du faux bel esprit se tiennent les bureaux.
Là tous les vers sont bons, pourveu qu'ils soient nouve-
Au mauvais goust public la Belle y fait la guerre: (aux.
Plaint Pradon opprimé des sifles du Parterre;
Rit des vains Amateurs du Grec & du Latin;
Dans la balance met Aristore & Cottin;
Puis, d'une main encor plus fine & plus habile,
Pése sans passions Chapelain & Virgile;
Remarque en ce dernier beaucoup de pauvretés;
Mais pourtant confessant qu'il a quelques beautés,
Ne trouve en Chapelain, quoy qu'ait dit la Satire,
Autre defaut, sinon; qu'on ne le sçauroit lire; *
Et croit qu'on pourra mesme enfin le lire un jour,
Quand la langue vieillie ayant changé de tour,
On ne sentira plus la barbare structure
De ses expressions mises à la torture;

Sé-

* Paroles de M. P. ** dans ses Dialogues à propos
de Chapelain.

S'étonne cependant, d'où vient que chez Coignard
Le Saint Paulin * écrit avec un si grand art,
Et d'une plume douce, aifée, & naturelle,
Pourrit vingt fois encor moins leu que la Pucelle:
Elle en accufe alors noftre Siécle infecté
Du pedantefque gouft qu'ont pour l'Antiquité
Magiftrats, Princes, Ducs, & mefme Fils de France,
Qui lifent fans rougir & Virgile & Terence ;
Et toujours pour P * * pleins d'un dégouft malin,
Ne fçavent pas s'il eft au monde un Saint Paulin.

A quoy bon m'étaler cette bizarre Ecole
Du mauvais fens, dis-tu, preché par une Folle ?
De livres & d'écrits bourgeois admirateur
Vai-je époufer ici quelque apprentie Auteur ?
Sçavez-vous que l'Epoufe, avec qui je me lie,
Conte entre fes parens des Princes d'Italie ?
Sort d'Ayeux dont les noms... Je t'entens, & je voy
D'où vient que tu t'es fait Secretaire du Roy.
Il falloit de ce Titre appuyer ta naiffance,
Cependant, t'avoûrai-je ici mon infolence ?
Si quelque objet pareil chez moi, deça les monts,
Pour m'époufer entroit avec tous ces grands noms,
Le fourci rehauffé d'orgueilleufes chiméres,
Je lui dirois bien-tôt : Je connois tous vos Peres:
Je fçay qu'ils ont brillé dans ce fameux combat †
Ou fous l'un des Valois Enguien fauva l'Etat.
Varillas n'en dit rien : mais, quoi qu'il en puiffe être,
Je ne fuis point fi fot que d'époufer mon maître.
Ainfi donc au plûtôt délogeant de ces lieux,
Allez, Princeffe, allez avec tous vos Ayeux,
Sur le pompeux debris des lances Efpagnoles,
Coucher, fi vous voulez, aux champs de Cérizoles.
Ma maifon ni mon lit ne font point faits pour vous,

J'admire, pourfuis-tu, vôtre noble courroux.
Souvenez-vous pourtant que ma famille illuftre
De l'affiftance au fçeau ne tire point fon luftre :

Et

* Poëme de M. P. * *
†Combat deCérizoles gagné par leDuc d'Enguien en Italie

Et que né dans Paris de Magistrats connus,
Je ne suis point ici de ces Nouveaux-venus,
De ces Nobles sans nom, que par plus d'une voye
La Province souvent en guêtres nous envoye.
Mais eussé-je comme eux des Meûniers pour parens,
Mon Epouse vinst elle encor d'Ayeux plus grands,
On ne la verroit point, vantant son origine,
A son triste Mari reprocher la farine.
Son cœur toûjours nourri dans la devotion,
De trop bonne heure apprit l'humiliation:
Et pour vous détromper de la pensée étrange;
Que l'Hymen aujourd'hui la corrompe & la change:
Sçachez qu'en nostre accord elle a pour premier Point,
Exigé, qu'un Epoux ne la contraindroit point
A traisner aprés elle un pompeux équipage,
Ni sur tout de souffrir, par un profane usage,
Qu'à l'Eglise jamais devant le Dieu jaloux
Un fastueux Carreau soit veu sous ses genoux.
Telle est l'humble vertu qui dans son ame emprainte,
Je le voy bien, Tu vas épouser une Sainte:
Et dans tout ce grand zele il n'est rien d'affecté.
Sçais-tu bien cependant, sous cette humilité,
L'orgueil que quelquefois nous cache une Bigote,
Alcippe, & connois-tu la nation devote?
Il te faut de ce pas en tracer quelques traits,
Et par ce grand portrait finir tous mes portraits.
A la Ville, à la Cour, on trouve, je l'avoüé,
Des Femmes dont le zele est digne qu'on le loüe,
Qui s'occupent du bien en tout temps, en tout lieu.
J'en sçay une cherie & du Monde & de Dieu,
Humble dans les grandeurs, sage dans la fortune:
Qui gemit, comme Esther, de sa gloire importune;
Que le Vice lui mesme est contraint d'estimer,
Et que sur ce tableau d'abord tu vas nommer.
Mais pour quelques Vertus si pures, si sincéres,
Combien y trouve-t-on d'impudentes Faussaires,
Qui sous un vain dehors d'austére pieté
De leurs crimes secrets cherchent l'impunité,

Et

Et couvrent de Dieu mefme empraint fur leur vifage
De leurs honteux plaifirs l'affreux libertinage,
N'attend pas qu'à tes yeux j'aille ici l'étaler.
Il vaut mieux le fouffrir que de le dévoiler.
De leurs galans exploits les Buffis, les Brantômes
Pourroient avec plaifir te compiler des tomes :
Mais pour moy dont le front trop aifément rougit,
Ma bouche a déja peur de t'en avoir trop dit.
Rien n'égale en fureur, en monftrueux caprices,
Une fauffe Vertu qui s'abandonne aux vices.
    De ces Femmes pourtant l'hypocrite noirceur
Au moins pour un Mari garde quelque douceur.
Je les aime encor mieux qu'une Bigotte altiére,
Qui dans fon fol orgueil, aveugle, & fans lumiére.
A peine fur le feüil de la devotion
Penfe atteindre au fommet de la perfection :
Qui du foin qu'elle prend de me gefner fans ceffe
Va quatre fois par mois fe vanter à confeffe,
Et les yeux vers le Ciel, pour fe le faire ouvrir,
Offre à Dieu les tourmens qu'elle me fait fouffrir.
Sur cent pieux devoirs aux Saints elle eft égale :
Elle lit Rodriguez, fait l'oraifon mentale,
Va pour les malheureux quefter dans les maifons,
Hante les hofpitaux, vifite les prifons,
Tous les jours à l'Eglife entend jufqu'à fix Meffes :
Mais de combatre en elle, & domter fes foibleffes,
Sur le fard, fur le jeu vaincre fa paffion,
Metre un frein à fon luxe, à fon ambition,
Et foûmetre l'orgueil de fon efprit rebelle,
C'eft ce qu'en vain le Ciel voudroit exiger d'elle.
Et peut-il, dira-t-elle, en effet l'éxiger ?
Elle a fon Directeur, c'eft à luy d'en juger.
Il faut, fans differer, fçavoir ce qu'il en penfe.
Bon ! vers nous à propos je le voy qui s'vance.
Qu'il paroift bien nourri! Quel vermillon! Quel teint !
Le Printemps dans fa fleur fur fon vifage eft peint ;
Cependant, à l'entendre, il fe foûtient à peine.
Il eut encore hier la fiévre & la migraine,

                              Et

Et fans les promts fecours qu'on prit foin d'apporter,
Il feroit fur fon lit peut-être à tremblotter.
Mais de tous les Mortels, grace aux devotes Ames,
Nul n'eft fi bien foigné qu'un Directeur de Femmes.
Quelque leger dégouft vient-il le travailler?
Une foible vapeur le fait-elle batailler!
Un Efcadron coëffé d'abord court à fon aide:
L'une chauffe un bouillon, l'autre apprefte un reméde;
Chez luy fyrops exquis, ratafias vantés,
Confitures fur tout volent de tous côtez:
Car de tous mets fucrez, fecs, en pafte, ou liquides,
Les eftomachs devots toûjours furent avides:
Le premier Maffe-pain pour eux, je croi, fe fit,
Et le premier Citron à Roüen fut confit.

    Nôtre Docteur bien-tôt va lever tous fes doutes,
Du Paradis pour elle il applanit les routes;
Et, loin fur fes défauts de la mortifier,
Lui-même prend le foin de la juftifier.
Pourquoy vous alarmer d'une vaine cenfure?
Du rouge qu'on vous void on s'étonne, on murmure,
Mais a-t-on, dira-t-il, fujet de s'étonner?
Eft-ce qu'à faire peur on veut vous condamner?
Aux ufages receus il faut qu'on s'accommode.
Une Femme fur tout doit tribut à la Mode.
L'orgueil brille, dit-on, fur vos pompeux habits:
L'œil à peine foûtient l'éclat de vos rubis,
Dieu veut-il qu'on étale un luxe fi profane?
Oüi, lors qu'à l'étaler nôtre rang nous condamne.
Mais ce grand jeu chez vous comment l'autorizer?
Le jeu fut de tout temps permis pour s'amuzer.
On ne peut pas toûjours travailler, prier, lire.
Il vaut mieux s'occuper à joüer qu'à médire.
Le plus grand jeu joüé dans cette intention,
Peut même devenir une bonne action.
Tout eft fanctifié par une ame pieufe.
Vous étes, pourfuit-on, avide, ambitieufe.
Sans ceffe vous brûlez de voir tous vos parens
Engloutir à la Cour charges, dignitez, rangs.

                              Vôtre

Vôtre bon naturel en cela pour Eux brille.
Dieu ne nous défend point d'aimer nôtre famille.
D'ailleurs tous vos parens font fages, vertueux.
Il eft bon d'empêcher ces emplois faftueux
D'être donnez peut être à des Ames mondaines,
Eprifes du neant des vanitez humaines.
Laiflez-là, croyez-moy, gronder les Indevots,
Et fur vôtre falut demeurez en repos.   (ce.

Sur tous ces Points douteux c'eft ainfi qu'il pronon-
Alors croyant d'un Ange entendre la réponfe,
Sa Devote s'incline, & calmant fon efprit,
A cét ordre d'en-haut fans replique foufcrit.
Ainfi, pleine d'erreurs, qu'elle croit legitimes,
Sa tranquille vertu conferve tous fes crimes,
Dans un cœur tous les jours nourri d'un Sacrement
Maintient la vanité, l'orgueil, l'enteftement,
Et croit que devant Dieu fes frequens facrileges
Sont pour entrer au Ciel d'affeurez privileges.
Voilà le digne fruit des foins de fon Docteur !
Encore eft-ce beaucoup, fi ce Guide impofteur,
Par les chemins fleuris d'un charmant Quiétifme
Tout à-coup l'amenant au vrai Molinozifme,
Il ne lui fait bien-tôt, aidé de Lucifer,
Goûter en Paradis les plaifirs de l'Enfer.

Mais dans ce doux état molle, délicieufe,
La hais-tu plus, dy moy, que cette Bilieufe,
Qui follement outrée en fa févérité,
Baptizant fon chagrin du nom de pieté,
Dans fa charité fauffe, où l'amour propre abonde,
Croit que c'eft aimer Dieu que haïr tout le monde ?
Il n'eft rien où d'abord fon foupçon attaché
Ne préfume du crime, & ne trouve un péché.
Pour une fille honnefte & pleine d'innocence,
Croit-elle en fes valets voir quelque complaifance,
Reputés criminels, les voilà tous chaffés,
Et chez elle à l'inftant par d'autres remplacés.
Son Mari qu'une affaire appelle dans la Ville,
Et qui chez lui, fortant, a tout laiffé tranquille;

Se trouve affez furpris, rentrant dans la maifon,
De voir que le Portier lui demande fon nom,
Et que dans fon logis fait neuf en fon abfence
Il cherche vainement quelqu'un de conoiffance.

Fort bien! Le trait eft bon. Dans les Femmes, dis-tu,
Enfin vous n'aprouvez ni vice, ni vertu.
Voilà le Sexe peint d'une noble maniere,
Et Throphrafte mefme aidé de la Bruyere,
Ne m'en pourroit pas faire un plus riche tableau.
C'eft affez : Il eft temps de quitter le pinceau.
Vous avez deformais épuifé la Satire.
Epuifé, cher Alcippe ! Ah, tu me ferois rire !
Sur ce vafte fujet fi j'allois tout tracer,
Tu verrois fous ma main des tomes s'amaffer.
Dans le Sexe j'ay peint la pieté cauftique,
Et que feroit ce donc, fi Cenfeur plus tragique
J'allois t'y faire voir l'athéïfme établi :
Et non moins que l'honneur, le Ciel mis en oubli :
Si j'allois t'y montrer plus d'une Capanée,
Pour fouveraine Loy mettant la Deftinée,
Du tonnerre dans l'air bravant les vains carreaux,
Et nous parlant de Dieu du ton de Des-Barreaux,
Mais fans aller chercher cette Femme infernale,
T'ay-je encor peint, dy moy, la fantafque Inégale,
Qui m'aimant le matin, fouvent me haït le foir ?
T'ay-je peint la Maligne aux yeux faux, au cœur noir ?
T'ay-je encor exprimé la brufque Impertinente ?
T'ay-je tracé la Vielle à morgue dominante,
Qui veut, vingt ans encor aprés le Sacrement,
Exiger d'un Mari les refpects d'un Amant ?
T'ay-je fait voir de joye une Belle animée,
Qui fouvent d'un repas fortant toute enfumée,
Fait mefme à fes Amans trop foibles d'eftomach
Rédouter fes baifers pleins d'ail & de tabac ?
T'ay-je encore décrit la Dame brélandiere,
Qui des Joüeurs chez foy fe fait Cabaretiere,
Et fouffre des affronts, que ne fouffriroit pas
L'Hofteffe d'une Auberge à dix fous par repas ?

Ay-

Ay-je offert à tes yeux ces tristes Tysiphones,
Ces monstres pleins d'un fiel que n'ont point les Liones
Qui prenant en dégoust les fruits nés de leur flanc,
S'irritent sans raison contre leur propre sang,
Toûjours en des fureurs que les plaintes aigrissent,
Battent dans leurs Enfans l'Epoux qu'elles haïssent,
Et font de leur maison digne de Phalaris,
Un sejour de douleur, de larmes & de cris ?
Enfin t'ay-je dépeint la Superstitieuse,
La Pédante au ton fier, la Bourgeoise ennuieuse,
Celle qui de son chat fait son seul entretien,
Celle qui toûjours parle, & ne dit jamais rien ?
Il en est des milliers : mais ma bouche enfin lasse
Des trois quarts, pour le moins, veut bien te faire grace.
    J'entens.   C'est pousser loin la moderation !
Ah ! finissez, dis-tu, la declamation.
Pensez-vous qu'éblouï de vos vaines paroles,
J'ignore, qu'en effet tous ces discours frivoles,
Ne sont qu'un badinage, un simple jeu d'esprit
D'un Censeur, dans le fond, qui folastre & qui rit,
Plein du mesme projet qui vous vint dans la teste,
Quand vous plaçastes l'Homme au dessous de la Beste?
Mais enfin, vous & moy, c'est assez badiner.
Il est temps de conclure, & pour tout terminer,
Je ne diray qu'un mot. La Fille qui m'enchante,
Noble, sage, modeste, humble, honneste, touchante,
N'a pas un des defauts que vous m'avez fait voir.
Si par un sort pourtant qu'on ne peut concevoir,
La Belle tout à coup renduë insociable,
D'Ange, ce sont vos mots, se transformoit en Diable:
Vous me verriez bien-tost, sans me désesperer,
Lui dire : Hé bien, Madame, il faut nous séparer.
Nous ne sommes pas faits, je le voy, l'un pour l'autre;
Mon bien se monte à tant ; Tenez, voilà le vostre :
Partés : Délivrons-nous d'un mutuël souci.
    Alcippe, tu crois donc, qu'on se sépare ainsi ?
Pour sortir de chez toy, sur cette offre offensante,
As-tu donc oublié qu'il faut qu'elle y consente ?

                                        Et

Et crois-tu qu'aisément elle puisse quitter
Le savoureux plaisir de t'y persecuter ?
Bien-tôt son Procureur pour elle usant sa plume,
De ses prétentions va t'offrir un volume.
Car, grace au Droit reçû chez les Parisiens,
Gens de douce nature, & Maris bons Chrêtiens,
Dans ses prétentions une Femme est sans borne.
Alcippe, à ce discours je te trouve un peu morne.
Des Arbitres, dis-tu, pourront nous accorder.
Des Arbitres.. Tu crois l'empêcher de plaider ?
Sur ton chagrin déja contente d'elle même,
Ce n'est point tous ses droits, c'est le procez qu'elle ai-
Pour elle un bout d'arpent, qu'il faudra disputer, (me.
Vaut mieux qu'un fief entier acquis sans contester.
Avec elle il n'est point de droit qui s'éclaircisse,
Point de procez si vieux qui ne se rajeunisse ;
Et sur l'art de former un nouvel embarras,
Devant elle Rolet mettroit pavillon bas.
Croy moy, pour la fléchir trouve enfin quelque voye :
Ou je ne repons pas, dans peu qu'on ne te voye
Sous le faix des procez abattu, consterné,
Triste, à pié, sans laquais, maigre, sec, ruïné,
Vingt fois dans ton malheur resolu de te pendre,
Et, pour comble de maux, reduit à la réprendre.

F I N.

E P I G R A M M E.

QUand Despreaux fut sislé sur son Ode,
　Ses Partisans crioient par tout Paris :
Pardon, Messieurs, le Pauvret s'est mépris ;
Plus ne louëra, ce n'est pas sa methode.
Il va drapper le Sexe féminin:
A son grand nom vous verrez s'il déroge.
Il a paru cét ouvrage Divin,
Pis ne seroit quand ce seroit Eloge.

L'APOLOGIE

DES

FEMMES.

Par Monsieur PERRAULT.

A AMSTERDAM,

Chez ADRIAN BRAAKMAN, *dans*
le Beurs-ftraat, prés le Dam, à l'Enfeigne de
la Ville d'Amfterdam.

EXTRAIT DU PRIVILEGE
du Roy.

PAr Lettres Patentes de Sa Majesté, données à Paris le 12. Novembre 1674, signées par le Roy en son Conseil, *Pepin* : Il est permis à *Iean Baptiste Coignard*, Imprimeur Ordinaire du Roy à Paris, d'imprimer, vendre & debiter pendant dix années, *divers Ouvrages en Prose & en Vers de Mr. P.* **. Avec défenses à tous autres d'imprimer lesdits Ouvrages en Prose & en Vers, sur les peines portées par lesdites Lettres.

Registré sur le Livre de la Communauté le 19. Novembre 1674.

Signé, D. THIERRY, Syndic

Achevé d'imprimer le 26. Mars 1694.

PREFACE.

Ette Apologie n'eſt point une réponſe en forme à la Satyre contre les Femmes & contre le Mariage, puiſqu'elle a eſté compoſée & lûë meſme en pluſieurs endroits avant que la Satyre fut imprimée. C'eſt ſeulement une piece de l'oëſie qui défend ce que la Satyre attaque, pour donner au Public la ſatisfaction de voir ſur cette matiere & le pour & le contre. Je ſçay que le parti que j'ay pris, quoy-que le plus juſte & le plus loüable, eſt le moins avantageux à celuy qui le ſoûtient, parce que les Rieurs ſeront toûjours du coſté de la raillerie & de la mediſance; mais ayant appris il y a quelque temps le ſujet de la Satyre, & la maniere à peu prés, dont on le devoit traiter, je ne pûs m'empeſcher de travailler en faveur du ſentiment contraire. Comme on ſçait que l'Autheur de cet Ouvrage & moy ne ſommes pas de meſme avis ſur bien des choſes, je crus qu'on ne ſeroit pas fâché de me voir encore oppoſé à luy ſur un ſujet de cette nature, où il s'agit de la défenſe, non ſeulement de la verité, mais encore des bonnes mœurs & de l'honneſteté publique.

L'Autheur de la Satyre agit toûjours ſur un principe qui eſt bien faux & capable de faire faire bien des fautes. Il s'imagine qu'on ne peut manquer en ſuivant l'exemple des Anciens; & parce qu'Horace & Juvenal ont declamé contre les femmes d'un maniere ſcandaleuſe & en des termes qui bleſſent la pudeur, il s'eſt perſuadé eſtre en droit de faire la meſme choſe, ne conſiderant pas que les mœurs d'aujourd'huy ſont bien differentes de celles du temps de ces deux Poëtes, où l'on avoit, comme ils diſent, divers moyens de ſe paſſer du mariage, qui n'eſtoient parmi eux que des galanteries; mais qui ſont des crimes parmi les Chrétiens, & des crimes abominables.

A 2   Sur

Sur le mesme principe il croit toûjours qu'il peut maltraiter dans ses Satyres ceux qu'il luy plaira. La Raison a beau luy crier sans cesse que l'Equité naturelle nous défend de faire à autruy ce que nous ne voulons pas qui nous soit fait à nous-mesmes, cette voix ne l'émeut point, & il luy suffit qu'Horace en ait usé d'une autre maniere. Il est étrange comment luy qui est si sensible à la reprehension, qui est si alerte pour aller au devant des moindres railleries qu'on luy prepare, & qui a prevenu tant de fois les Tribunaux où l'on vouloit se plaindre de ses Satyres, continuë toûjours sur le mesme ton, & comment dans le mesme temps qu'il fait défendre à tout le monde de l'attaquer, il se donne la permission d'attaquer tout le monde.

On peut s'étonner encore qu'ayant comparé ses Satyres à nos Sermons, il n'ait pas remarqué que s'il y a quelque ressemblance entre des choses dont les unes sont si saintes & les autres si profanes, c'est qu'il est de la nature de toutes les deux de ne combattre le vice qu'en general sans jamais nommer les persones ; cependant il l'a fait encore dans cette derniere Satyre, & d'une maniere qui a déplû aux plus enclins à la médisance. Car de voir toûjours revenir sur les rangs Chapelain, Cottin, Pradon, Coras & plusieurs autres, c'est la chose du monde la plus ennuieuse & la plus dégoûtante.

Il a crû aussi que si les Vers de sa Satyre estoient plus durs, plus secs, plus coupez par morceaux, plus enjambans les uns sur les autres, plus pleins de transpositions & de mauvaises césures que tous ceux qu'il a faits jusqu'icy, ils plairoient encore davantage, parce qu'ils en seroient plus semblables aux Vers des Satyres d'Horace, ne songeant pas que toutes les Langües ont leur genie particulier, & que souvent ce qui est une élegance dans le Latin est une barbarie dans le François.

Voilà une partie des erreurs où l'a conduit l'imitation mal entenduë des Anciens ; en voicy quelques-unes où il est tombé purement de son chef.

II

Il s'eſt mis dans l'eſprit que ſon Ode Pindarique avoit eu un ſuccez admirable, & qu'à la reſerve de *certains mauvais Critiques, qui en ont cenſuré quelques mots & quelques ſyllabes*, elle avoit eſté applaudie de tout le monde. On ſçait aſſez, ſans que je m'amuſe à le faire voir, combien il ſe trompe ſur cet article.

Il fonde, à ce qu'il dit, *la plus grande eſperance du ſuccez de ſon Ouvrage, ſur l'approbation que les femmes y donneront, bien loin d'apprehender qu'elles s'en fâchent*, erreur plus grande & encore plus inexcuſable. Il fait bien voir qu'il ne connoiſt gueres les femmes dont il croit avoir attrappé tous les caracteres, lorſqu'il s'attend d'avoir leur approbation ſur un pareil Ouvrage. Pendant que tant d'honneſtes gens ont bien de la peine à leur plaire en leur diſant des douceurs, comment a-t-il pû croire qu'il leur plairoit en leur diſant des injures ?

Il ajoûte qu'*elles le loueront de ce qu'il a trouvé moyen, dans une matiere auſſi dilicate que celle qu'il traitte, de ne pas laiſſer échapper un ſeul mot qui puſt bleſſer le moins du monde la pudeur.* Quelle erreur encore ! Eſt-ce que les Heros à voix luxurieuſe, des Morales lubriques, des Rendez-vous chés la Cornu, & les plaiſirs de l'Enfer qu'on pouſſe en Paradis, peuvent ſe preſenter à l'eſprit ſans y faire des images dont la pudeur eſt offenſée. Il eſt vray que les plaiſirs de l'Enfer eſt une expreſſion fort obſcure, & qu'on n'a jamais ouï parler des plaiſirs de l'Enfer, non plus que des peines du Paradis ; mais on ne peut excuſer cette penſée, que l'imagination ne ſe bliſſe effroyablement.

Il a crû que ſa Satyre ſerviroit à inſpirer une bonne Morale, (car tout homme qui compoſe une Satyre, doit avoir ce deſſein & l'on ne peut, ſans luy faire tort, reſumer qu'il ne l'a pas ;) il debutte cependant par faire entendre qu'un homme n'eſt gueres fin, ni gueres inſtruit des choſes du monde, quand il croit que les enfans ſont ſes enfans, ou quand il s'imagine que ſa femme peut luy dire quelque parole un peu tendre,

A 3 ſans.

fans avoir deffein de le tromper. Voilà un beau
moyen d'affermir l'amitié conjugale, & de mettre la
paix dans les familles! Il ajoûte que s'il ne s'abuse point,
dans fon calcul, il y a trois femmes de bien dans Paris
qu'il pourroit citer. Où est l'utilité de faire entendre,
que fuivant ce calcul & le raifonnement qui en refulte,
nous fommes prefque tous des enfans illegitimes.
Peut-eftre a-t-il voulu gagner par là les fuffrages des
Dames : car comment pourroient-elles ne pas applau-
dir à un Ouvrage qui fait tant d'honneur à leur fexe,
& qui va jufqu'à reconnoiftré trois femmes de bien
dans une Ville, où il y en a plus de deux cens mille ?

Il croit que tous les caracteres de femmes qu'il a formez, font beaux & naturels ; il ne faut qu'examiner
celuy de la Devote, qui est fon chef-d'œuvre, pour
voir combien il fe trompe. Aprés avoir dit *qu'elle va
quefter dans les maifons pour* * *les Pauvres, qu'elle vifite les
Prifons, qu'elle bante les Hofpitaux,* il ajoûte *qu'elle ne
peut vaincre fa paffion pour le fard.* S'il avoit dit qu'elle
ne peut vaincre fon orgueil, fa colere, ou fon penchant
à la medifance, cela feroit le mieux du monde, mais
le fard n'eft point là en fa place : car s'il s'eft jamais
trouvé une femme affez folle pour aller dans des Hofpitaux & dans des Prifons avec du fard fur le vifage,
cela eft fi fingulier qu'il ne doit point entrer dans l'idée
generale d'une Devote.

On croit que le caractere de la Sçavante Ridicule a
efté fait pour une Dame qui n'eft plus, & dont le merite extraordinaire ne devoit luy † attirer que
des loüanges. Cette Dame fe plaifoit aux heures de
fon loifir à entendre parler d'Aftronomie & elle avoit
mefme une tres-grande pénétration pour ces Sciences
de mefme que pour plufieurs autres que la beauté & la
facilité de fon efprit luy avoient rendu tres-familieres.
Il eft encore vray qu'elle n'en faifoit aucune oftenta-
tion, & qu'on n'eftimoit gueres moins en elle le foin
de cacher fes dons, que l'avantage de les poffeder.
Ell

---

* *Satyre pag.* 19.　†*Sat. Pag.* 16. *&* 17.

Elle eſtoit eſtimée de tout le monde ; le Roy meſme prenoit plaiſir à marquer la conſidération qu'il avoit pour ſon mérite par la reputation d'une pieté ſinguliere. L'Autheur de la Satire ayant mis dans un de ſes ouvrages il y a environ vingt ans les deux Vers qui ſuivent :

Que l'Aſtrolabe en main un autre aille chercher,
ſi le Soleil eſt fixe ou tourne ſur ſon axe.

Cette Dame eut la bonté de luy dire que quand on ſe meſloit de faire des Satyres, il falloit connoiſtre les matieres dont on parloit ; que ceux qui tiennent que le Soleil eſt fixe & immuable, ſont les meſmes qui ſoûtiennent qu'il tourne ſur ſon axe, & que ce ne ſont point deux opinions differentes, comme il paroiſt le dire dans ſes Vers. Elle ajouta qu'un Aſtrolabe n'eſtoit d'aucune utilité pour découvrir ſi le Soleil eſt fixe, ou s'il tourne ſur ſon axe. On Pretend que le chagrin qu'il eut d'eſtre relevé là-deſſus, luy a fait faire ce portrait d'une Sçavante Ridicule. Il eſt vray qu'il n'eſt pas honneſte à un ſi grand poëte d'ignorer les Sciences & les Arts dont il ſe meſle de parler ; mais la Dame qui l'inſtruiſoit, n'eſtoit point coupable de ſon ignorance, ni de la faute qu'il ne connoiſſoit pas.

Combien a-t-on eſté indigné de voir continuer icy ſon acharnement ſur la Clelie ? L'eſtime qu'on a toûjours faite de cét Ouvrage, & l'extréme veneration qu'on a toûjours euë pour l'illuſtre Perſone qui l'a compoſé, ont fait ſoulever tout le monde contre une attaque ſi ſouvent & ſi inutilement reperée. Il paroiſt bien que le vray merite eſt bien pluſtoſt une raiſon pour avoir place dans ſes Satyres, qu'une raiſon d'en eſtre exempt.

Il s'eſt encore bien trompé, quand il a crû que ſa Satyre pourroit réüſſir à la Cour ſi ſage aujourd'huy, ſi modeſte & ſi reglée par l'exemple du Maiſtre. Un ſi grand exemple peut à la verité avoir meſlé quelques Hypocrites avec les gens de bien ; mais l'Autheur de la

A 4

* Sat. Pag. 9.

la Satyre devoit penſer que ces Hypocrites ſeront encore plus impitoyables que les autres, & que leur empreſſement à exagerer l'horreur qu'ils n'ont pas, ſera plus vif que celuy des gens de bien à témoigner celle qu'ils ont.

Il ſe trompe encore, quand il croit m'avoir beaucoup mortifié, en diſant que le Poëme de ſaint Paulin pourrit chez Goignard. (N'eſt-il point las de dire qu'un Livre pourrit chez l'Imprimeur, qu'il s'y rouſſit par les bords, qu'il va chez l'Empicier, chez le Chapelier, chez la Beurriere, & cent autres choſes ſemblables déja uſées du temps d'Horace & de Juvenal. (Le Poëme de S. Paulin ne pourrit point chez Coignard, il ſe debite autant qu'un autre Livre de devotion en Vers, & qui eſtant rempli de ſentimens de pieté, n'eſt pas de nature à eſtre recherché avec autant d'empreſſement que des Satyres pleines de médiſances. Il a beau ſe glorifier du grand debit que l'on a fait de ſes Satyres, ce debit n'aprochera jamais de celuy de Jean de Paris, de Pierre de Province, de la Miſere des Clercs, de la Malice des Femmes, ni du moindre des Almanachs imprimez à Troye au Chapon d'or. Il me fait dire en cet endroit des choſes que je n'ay point dites ou que j'ay dites tout autrement qu'elles ne ſont exprimées; mais c'eſt la maniere dont il en uſe ordinairement à mon égard.

Puiſqu'il paroiſt avoir une ſi grande ſoif de reputation, & qu'elle va juſqu'à ne pouvoir ſouffrir le peu que j'en ay (car l'Autheur du S. Paulin lui tient au cœur, quelque mal qu'il en diſe de tous coſtez: (que ne compoſe t-il un Ouvrage purement de luy, où il n'y ait point de médiſance, & qui plaiſe par la ſeule beauté de ſon genie. Pourquoy, au lieu de ſe renfermer, comme il fait, dans la peinture de ce qu'il y a de laid dans les hommes, ne s'occupe-t-il à celebrer les vertus que le Ciel leur a données? Au lieu de voler toûjours terre à terre, comme un Corbeau qui va de charogne en charogne, que ne s'éleve-t-il comme un
Aigle

Aigle vers les grandes & les hautes matieres. Le Ciel,
la Terre, les Enfers, les Anges & les Demons, Celuy mesme qui a fait toutes choses, peuvent estre digne objet de ses travaux & de ses veilles : car tant qu'il
ne fera que des Satyres comme celles qu'il nous a données, Horace & Juvenal viendront toûjours revendi-
quer plus de la moitié des bonnes choses qu'il y aura
mises. Chapelain, Quinault, Cassagne & les autres
qu'il aura nommez, pretendront aussi qu'une partie
de l'agrément qu'on y trouve, vient de la celebrité de
leur nom, qu'on se plaist à y voir tourné en ridicule.
La malignité du cœur humain qui aime tant la medi-
sance & la calomnie, parce qu'elles élevent secrettement
celuy qui lit au dessus de ceux qu'elles abaissent, dira
toûjours que c'est elle qui fait trouver tant de plaisir
dans les Ouvrages de M. D.... & que s'ils estoient lûs
avec les yeux que donne la charité, il s'en faudroit beaucoup qu'on y trouvast les mesmes charmes, pour
ne rien dire de plus. Il est vray qu'il a si peu réussi
quand il a voulu traiter des sujets d'un autre genre que
ceux de la Satyre, qu'il pourroit y avoir de la malice
à luy donner ce conseil.

Il me semble que jusqu'icy j'ay repris dans les Ouvrages de l'autheur de la Satyre autre chose que *des
mots & des syllabes*, & que j'ay attaqué des endroits
essentiels & de consequence ; mais où a-t-il vû qu'en
fait de versification (car il ne s'agit gueres que de cela
dans ses compositions,) où a-t-il vû, dis-je, que dans
des Ouvrages en Vers, les mots & les syllabes soient
de peu d'importance. J'amerois autant qu'un Musi-
cien nous dist que les mauvais accords, les dissonnan-
ces & le manque de mesure ne sont d'aucune consequence dans une composition de Musique. A-t-il oublié de quelle sorte Quintilien parle du jugement des
oreilles. Il donne à ce jugement l'épithete de tres-su-
perbe, pour marquer que les oreilles s'offensent aisément & pardonnent difficilement ; il faut que les paroles qui veulent plaire à l'esprit, commencent par

A 5   plaire

plaire aux oreilles, ou du moins qu'elles ne les bleſſent pas en paſſant chez elles.

Pour achever de faire voir qu'on a eû raiſon de ne
donner pas à la Satyre les applaudiſſemens que *les amis
de ſon Autheur prétendoient qu'on luy donneroit comme au
plus beau de ſes Ouvrages*, il n'y auroit qu'à l'examiner
dans le détail. Il n'y eut jamais un plus beau champ
pour la Critique, & ceux qui voudront l'entreprendre,
ne travailleront pas ſur une matiere ingrate; pour moy
je me contenteray de marquer legerement quelques endroits qui m'ont frappé plus que les autres.

Il me paroiſt qu'on ne ſçait la plûpart du temps le-
quel des deux Interlocuteurs parle dans la Satyre.

Il pretend qu'un certain nombre de Vers qu'il a fait
imprimer en autre caractere que le reſte, ſont une Traduction du commencement de la ſixiéme Satyre de Juvenal; car il met en marge que *ce ſont les paroles du commencement de cette Satyre:* cependant ces Vers ne contien-
nent ni les paroles ni même le ſens de Juvenal. Les voicy.

(a) *Que dés le temps de Rhée*
La Chaſteté déjà la rougeur ſur le front
Avoit chés les mortels reçû plus d'un affront;
Qu'on vit avec le fer naiſtre les injuſtices,
L'impiété, l'orgueil & tous les autres vices,
Mais que la bonne foy dans l'amour conjugal,
N'alla point juſqu'au temps du troiſiéme metal.

Voicy une Traduction du commencement de cette
ſixiéme Satyre de Juvenal, que je ne donne pas pour
fort élegante, mais qui eſt trés fidelle.

Je croy que la Pudeur fut toûjours reverée
Dans le temps bien heureux de Saturne & de Rhée
Lorſqu'un Antre ſauvage éclaire d'un faux jour,
Faiſoit de nos ayeux le plus riche ſejour.
Et cachoit ſous le frais de ſon ombre champeſtre
Les hommes & leurs Dieux, le betail & ſon maiſtre,
Quand la femme ruſtique avec de viles peaux
Couvroit un lit de joncs, de mouſſe & de roſeaux,

Et

(a) Sat. p. 5 Paroles du commencement de la Satyre de Juvenal.

Et vous reſſemblant peu , Beauté pleine de charmes,
Qui pour un moineau mort verſaſtes tant de larmes ,
Preſentoit la mamelle à ſon fils déja grand ,
Et comme ſon époux ne vivoit que de gland ,
Car d'un air moins poli qu'en ce ſiecle où nous ſommes ,
Dans leurs ſombres foreſts vivoient les premiers hommes,
Qui d'un cheſne ſortis ou d'Argile formez ,
Sans aide de Parens ſe virent animez
Alors de la Pudeur on put voir quelque marque ,
Meſmes ſous Jupiter encor jeune Monarque ,
Quand les Grecs moins ruſez & moins ingenieux
Ne juroient par encor par leurs Rois ou leurs Dieux
Quand les plus beaux Jardins n'avoient ni murs ni porte ,
Et qu'on alloit par tout ſans peur & ſans eſcorte,
Depuis avec ſes ſœurs , loin des terreſtres lieux
Aſtrée & la Pudeur s'envolerent aux Cieux.
Poſthume , c'eſt ſans doute un long & vieil uſage,
D'enfraindre ſans reſpect la foy du mariage,
Le dur ſiecle de Fer , de cent crimes divers,
Non connus juſqu'alors inonda l'Univers ,
Fit voir des aſſaſſins , des voleurs , des fauſſaires ,
Mais dez l'age d'argent l'on vit des Adulteres.

On voit clairement par cette Traduction , que les
paroles qu'on donne pour eſtre de Juvenal n'en ſont
point, & meſmes qu'elles portent un ſens contraire à
celuy de ce poëte ; car ce poëte dit que la Pudeur demeura ſur la Terre pendant le regne de Saturne qui eſt le
meſme que celuy de Rhée , & que le ſiecle d'argent vit
les premiers Adulteres ; Et le pretendu Traducteur dit
que dès le temps de Rhée,

La Chaſteté déja la rougeur ſur le front,
Avoit chez les mortels reçu plus d'un affront.

L'Autheur de la Satyre n'auroit-il point fait cette
Traduction , pour montrer d'une maniere fine combien les Modernes ſont inferieurs aux Anciens ?
Il y a une infinité de Vers qui n'ont point de ceſ-
ſures , en voicy quelques uns.

Dans la ruë en avoient　rendu graces a Dieu. (a)
Son mariage n'eſt　qu'une longue querelle (b)
Ne ſçavent pas s'il eſt　au monde un S. Paulin (c)
Qui veut vingt ans encore　aprés ſon mariage. (d)

Pour les tranſpoſitions il y en a d'inſupportables,
& en grande abondance.　Mr. Chapelain n'eſtoit qu'
un apprentif pour les faire bien dures & bien ſauvages;
je n'en rapporteray que deux ou trois.

Entendre des diſcours ſur l'amour ſeul roulans. (e)
De Phedre dedaignant la pudeur enfantine. (f)

Cette derniere tranſpoſition fait une équivoque,
on ne ſçait s'il veut dire que Phedre dedaignoit la pudeur enfantine, comme la Grammaire & la conſtru-
ction naturelle veulent qu'on l'entende, ou ſi c'eſt
la femme yvre d'un Mouſquetaire, qui dedaigne la pudeur enfantine de Phedre.

Et partout on tu vas, dans ſes yeux enflammés, (g)
T'offrir non pas d'Iſis la tranquille Eumenide.

Il failloit mettre, t'offrir dans ſes yeux enflammés,
& non pas dans ſes yeux enflammés t'offrir.　Ce qui ſuit,
donne à croire que l'Ombre de Quinault le pourſuit
par tout : car aprés luy avoir donné dés l'abord un
coup de dent en parlant de la morale de l'Opera, de
quoy s'aviſe-t-il d'aller chercher hors de propos, qu'il
y a dans l'Opera d'Iſis une Furie qui à ſon gré ne le
tourmente pas aſſez? Il y a là quelque choſes qui n'eſt
pas naturel, & qui marque qu'il y eſt pouſſé malgré
qu'il en ayt.

(a) Sat. Pag. 12.　(b) ſ. Pag. 14.　(c) ſ. Pag. 17.
(d) Sat. Pag. 26.　(e) ſ. Pag. 8.　(f) L. Pag. 9.
(g) ſ. Pag. 14.

A chasser un Valet dans la maison cheri. (a)
D'un Censeur dans le fond qui folastre & qui rit. (b)

Je ne m'arresteray point aux chevilles ni aux obscu-
ritez, elles y sont presque sans nombre ; & de plus cela
ne consiste souvent qu'en *mots & en syllabes.*

L'Histoire du Magistrat avare, & de sa femme qui
l'estoit encore plus que luy, me semble un peu hardi.
Dieu veüille que l'Autheur ne s'en apperçoive pas, car
il pourroit y avoir des Parens d'assez mauvaise heu-
meur pour n'en pas rire.

(c) Peu de gens ont entendu ce que vouloit dire
un *lit effronté,* où une Dame se fait traiter d'une santé
visible & parfaite. S'il s'agissoit d'un lit de débauche
où une femme eût commis plusieurs adulteres, on
pourroit s'imaginer, pour peu qu'on se laissast aller à
la Poësie, que l'effronterie de la femme auroit passé
jusqu'à son lit ; mais d'appeller ce lit effronté parce
que la femme qui est couchée dessus, ose dire qu'elle
est malade quand elle ne l'est pas : il y a asseurément
un peu trop de Poësie dans cette fiction.

Mais pour quelques vertus si pures, si sinceres,
Combien y trouve-t'on d'impudentes faussaires. (d)

Par faussaires on ne peut entendre que ceux qui con-
trefont, ou des Actes ou des signatures. On n'a jamais ouï parler que les femmes se meslassent d'un tel
mestier. Elles ont bien de la peine à former une vraye écriture, comment auroient-elles assez d'habileté
pour en faire de fausse ? On entrevoit que par faussaires
il veut dire des hypocrites, mais cela ne s'entend que
parce qu'on veut bien l'entendre.

Cecy est encore un peu obscur :

Et que dans son logis fait neuf en son absence, (e)

On ne comprend point comment un homme reve-
nant

(a) Sat. Pag. 15. (b) S. Pag. 23. (c) S. Pag. 15. (d) S. Pag. 15.
(e) S. Pag. 22.

uant de la Ville chez luy, peut trouver son logis fait
neuf: il faut plus de temps pour faire un logis neuf.
S'il y avoit qu'il trouve qu'on a fait maison chez luy,
cela s'entendroit: car maison signifie aussi bien ceux
qui habitent une maison, que la maison mesme; mais
logis ne signifie que le lieu où l'on habite.

Cecy est plus étrange.

N'allons donc point icy reformer l'Univers, (a)
Ni par de vains Discours & de frivoles Vers.

N'est il pas plaisant que le Poëte fasse parler un de
ses Interlocuteurs, comme si la conversation qu'il apporte s'estoit faite en Vers: c'est comme si Corneille
avoit fait dire à Auguste en parlant à Cinna, Preste
l'oreille à mes Vers, au lieu de dire, comme il fait:
Preste l'oreille a mes Discours.

(b) On a de la peine à entendre ce que veut dire *une Capanée.* On ne sçait si on voit un homme ou une femme. *Une*, marque que c'est une femme; & *Capanée*,
que c'est un homme: car c'estoit un des sept Capitai-
nes qui assiegeoient la ville de Thebes, fort connu par
son impieté. Je ne sçai pas si on peut dire qu'une femme est une Capanée, pour signifier qu'elle est une Im-
pie; Mais je sçay bien qu'on ne dira jamais qu'une femme est une Thesée, pour dire qu'elle est une infidelle;
qu'elle est une Ciceron, pour dire qu'elle est fort elo-
quente, ni qu'elle est une Socrate, pour dire qu'-
elle est fort sage. Il y a là, si je ne me trompe, un sole-
cisme, & des plus gros, peut-estre que l'*apprentie Autheur* qui a precedé, authorise *une Capanée*, & qu'une
Capanée authorise ensuite l'*apprentie Autheur.* Je
doute cependant qu'ils se puissent maintenir l'un l'autre, ni mesme s'empescher de tomber tous deux.

Il dit que les Parisiens sont

Gens de douce nature, & maris bons Chrestiens. (c)

Si on examine de prés ce que *bons Chrestiens* veut dire

là, pour peu qu'on aime le nom de Chrestien, il sera difficile de n'estre pas indigné de la signification que l'on luy fait avoir.

Mais c'est assez parlé de la Satyre contre les femmes, disons quelque chose de leur Apologie. Je ne doute point que plusieurs gens du bel air ne trouvent étrange que je fasse consister un si grand bonheur dans l'amitié conjugale, eux qui ne regardent ordinairement le mariage que comme une voye à leur établissement dans le monde, & qui croyent que s'il faut prendre une femme pour avoir des Enfans, il faut choisir une Maistresse pour avoir du plaisir. Mais cette conduite vicieuse, quoy-qu'assés usitée, ne prevaudra jamais aux premieres loix de la Nature & de la Raison, qui demandent une union parfaite entre ceux qui se marient : loix si sages, commodes & si honnestes.

Je suis encore persuadé que quelques femmes de la haute volée n'aimeront pas ces meres & ces filles, qui traivaillant chez elles,

Ne songent qu'a leur tasche, & qu'a bien recevoir (a)
Leur pere ou leur époux quand il revient le soir.

Elles trouveront ces manieres bien bourgoises, & le sentiment que j'ay là-dessus, antique pour un Défenseur des Modernes ; mais quoy qu'elles puissent dire, & quelque authorisées qu'elles soient par l'usage & par la mode, il sera toûjours plus honeste pour elles de s'occuper à des ouvrages convenables à leur sexe & leur qualité, que de passer leur vie dans une oisiveté continuelle.

Il y a quelques portraits dans mon Apologie, mais ils ne marquent persone en particulier ; & si quelqu'un se les applique, c'est qu'il le voudra bien, & qu'il trouvera que ces portraits luy ressemblent. Il n'en est pas ainsi du portrait de l'Autheur de S. Paulin dans la Satyre. Quelque

ob-

(a) *Sat. Apol. p.* 41.

obſcur que ſoit cét Autheur, & quoy-qu'il n'y ait point d'honneſte homme qui ſçache s'il *eſt au monde un Saint Paulin*, pluſieurs honneſtes gens n'ont pas laiſſé de le reconnoiſtre, ſans le ſecours meſme de la premiere lettre de ſon nom, & des deux étoiles qui marquent qu'il eſt de deux ſyllabes.

La Satyre paroiſt en quelque façon faire ma n-baſle ſur toutes ſortes de Mariages, & n'en approuver aucun ; je ſerois bien fâché qu'on erût que je penſe la meſme choſe du Célibat. Non ſeulement je le loûe & le revere dans ceux qui ſe conſacrent à l'Egliſe ; ou qui ſe retirent dans des Monaſteres ; je le loûe encore dans ceux qui le choiſiſſent pour mener une vie plus auſtere ; en demeurant dans le monde, ou pour vacquer plus librement à l'étude. Je le loûe meſme en ceux qui n'ayant pas le bien neceſſaire pour ſoutenir les charges & les dépenſes du mariage ſelon leur qualité, s'en éloignent par prudence & par moderation, Je n'en veux qu'à ceux qui choiſiſſent cét état par pur libertinage, pour ne pouvoir ſouffrir aucun lien qui les retienne dans les bornes de la raiſon & de l'honneſteté ; à ces hommes ſans joug, à ces enfans de Belial, comme parle l'Ecriture, qui non contens de vivre ſans regle & ſans ordre, veulent que tout le monde vive comme eux, & qui pretendent, tout inſenſez qu'ils ſont, paſſer pour les plus ſages d'entre les hommes.

L'A-

L'APOLOGIE

DES

FEMMES.

TIMANDRE avoit un Fils , trifte , fâcheux,
  colere,
 Des Mifantropes noirs le plus atrabilaire,
Qui mortel ennemi de tout le genre humain ,
D'une maligne dent déchiroit le prochain ,
Et fur le Sexe mefme , emporté par fa bile,
Exerçoit fans pitié , l'acreté de fon ftyle.

 Le Pere qui vouloit qu'une fuite d'enfans
Peuft tranfmettre fon nom dans les Siecles fuivans,
Cent fois l'avoit Preffé , pour en avoir lignée,
De vouloir fe foumettre aux Loix de l'Hymenée ,
Et cent fois par ce fils de chagrins heriffé ,
Se vit avec douleur vivement repouffé.

Uu jour qu'il le trouva d'une humeur moins fauvage,
Le tirant à l'écart il luy tint ce langage :
Ce qui plaift , ce qui charme & qu'on aime en tous
  lieux
Te fera-t-il toûjours un objet odieux ?
Ne fçaurois-je efperer que ton dédain fe paffe,
Et qu'enfin le beau fexe avec toy rentre en grace ;
Si tu t'en eloignois par un faint mouvement
Et pour ne regarder que le Ciel feulement,
Te blâmer fur ce point feroit une injuftice ,
Et je t'applaudirois d'un fi grand facrifice ,
Mais ce qui t'a jetté hors du chemin battu,
Ce n'eft que le Caprice & non pas la Vertu.

C'eft un ordre éternel qu'encore toute pure

AB

Au fond de tous les cœurs imprima la Nature,
De rendre à ses Enfans le depoft precieux
De la clarté du jour qu'on tient de ses Ayeux.
Heureux ! qui reverant cette fainte conduite,
N'arrefte pas en foy, de foy mefme la fuite;
Mais fe rend immortel au gré de fon defir,
Serois-tu bien, mon fils, infenfible au plaifir
De voir un jour de toy naiftre un autre toy-mefme
Qui ferve l'Eternel, qui l'adore & qui l'aime ?
Qui lorfque le trépas aura fermé tes yeux,
Aprés toy rende hommage à fon nom glorieux,
Et d'où puiffe fortir une feconde race,
Qui jufqu'au dernier jour le beniffe en ta place ?
Tu fçais, je te l'ay dit, à quoy tendent mes vœux,
Et ce qui peut nous rendre & l'un & l'autre heureux.

Il eft, j'en fuis d'accord, des femmes infidelles,
Et dignes du mefpris que ton cœur a pour elles;
Mais fi de deux ou trois le crime eft averé,
Faut-il que tout le le fexe en foit deshonoré.

Dans une grande Ville où tout eft innombrable,
Comme il eft naturel de chercher fon femblable,
D'aimer à le connoiftre & d'en eftre connu
Selon les divers goufts dont on eft prevenu,
Chacun en quelque endroit que le hazard le porte,
Ne rencontre & ne voit que des gens de fa forte.
Ceux qui par le fçavoir fe font rendu fameux,
Ne trouvent fur leurs pas que des fçavaus comme eux;
Ceux qui cherchant toûjours la Pierre bien aimée,
Ont l'art de convertir leur argent en fumée,
Ne trouvent que des gens qui fondant le metal,
Par le mefme chemin courrent à l'Hofpital.
L'homme de fymphonie & de fine mufique,
Abordera toûjours un homme qui s'en pique;
Et ceux qui de rubis fe bourgeonnent le nez,
En recontrent par tout d'encor plus bourgeonnez,
Ceux qu'à le bien fervir le Tout-puiffant appelle,

Ne

Ne trouvent que des Saints brûlans du mesme Zele,
Que des cœurs où le Ciel ses dons a repandus :
Faut il donc s'étonner si des hommes perdus,
Jugeant du sexe entier par celles qu'ils ont veuës,
Asseurent qu'il n'est plus que des femmes perduës ?

Pour six qui sans cervelle avec un peu d'appas,
Feront de tous costez du bruit & du fracas,
Par leur dance, leur jeu, leurs folles mascarades,
Leurs cadeaux indiscrets, leurs sombres promenades,
Sans peine on trouvera mille femmes de bien,
Qui vivent en repos & dont on ne dit rien.

A toute heure, en tous lieux la Coquette se montre,
Il n'est point de Plaisirs où l'on ne la rencontre,
Allez au Cours, au Bal, allez à l'Opera,
A la Foire, il est seur qu'elle s'y trouvera.
Il semble, à regarder l'essor de sa folie,
Que Pour estre par tout elle se multiplie.
Pour des femmes d'honneur, dans ces lieux hazar-
        deux,
De cent que l'on conoist on n'en verra pas deux.

Rejette donc, mon fils, cette fausse maxime
Qu'on trouve rarement une femme sans crime,
C'est seulement ainsi que parle un Suborneur,
Qui des femmes sans foi sans honte & sans honneur,
Fait, prés de son Iris, une liste bien ample,
Pour la faire tomber par le mauvais exemple.

Au lieu d'estre toûjours dans les lieux de plaisir,
A repaistre ses yeux, à charmer ton loisir,
A regarder sans cesse aux Cours, aux Thuilleries,
Du Fard & du Brocard chargé de Pierreries,
Va dans les Hospitaux où l'on voit de longs rangs
De maladés plaintifs, de morts & de mourans ;

Là tu rencontreras en tout temps, à toute heure,
Malgré l'air infecté de leur triste de meute,
Mille femmes d'honneur dont souvent la beauté
Que cache & qu'amortit leur humble pieté,
A de plus doux appas pour des ames bien faites,
Que tout le vain éclat des plus vives Coquettes.

Descens dans des caveaux, monte dans des greniers
Où dés Pauvres obscurs fourmillent à milliers,
Tu n'y verras pas moins de Dames vertueuses
Frequenter sans dégoust ces retraites affreuses
Et par leur zele ardent, leurs aumosnes, leurs soins,
Soulager tous leurs maux, remplir tous leurs be-
    soins.

Entre dans les Reduits des honnestes familles,
Et vois-y travailler les meres & les filles,
Ne songeant qu'à leur tâche & qu'à bien recevoir,
Leur pere ou leur époux quand il revient le soir.
Charmé de leur conduite & si simple & si sage,
Tu te verras contraint de changer de langage.

Peux-tu ne sçavoir pas que la Civilité
Chez les Femmes nâquit avec l'Honnesteté?
Que chez elles se prend la fine politesse,
Le bon air, le bon goust, & la délicatesse?
Ragarde un peu de prés celuy qui Loupgarou,
Loin du sexe a vescu renfermé dans son trou,
Tu le verras crasseux, mal-adroit & sauvage,
Farouche dans ses mœurs, rude dans son langage,
Ne pouvoir rien Penser de fin, d'ingenieux,
Ni dire jamais rien que de dur ou de vieux.
S'il joint à ces talens l'amour de l'Antiquaille,
S'il trouve qu'en nos jours on ne fait rien qui vaille,
Et qu'a tout bon Moderne il donne un coup de dent,
De ces dons rassemblez, se forme le Pedant,
Le plus fastidieux, comme le plus immonde,

De

De tous les animaux qui rampent dans le monde.

Quand le sexe s'oublie, & de tant de façons
Sert de folle matiere à de folles chansons,
N'as-tu pas remarqué que de tout ce scandale,
Les Maris sont souvent la cause principale,
Soit par le dur excés de leur severité
Soit par leur indolence & leur trop de bonté.

S'il arrive qu'un jour aux nœuds du mariage,
En suivant mes desirs ton heureux sort t'engage,
Ne t'avises jamais d'affecter la rigueur,
De vivre en Pedagogue avec trop de hauteur,
Temoignes de l'amour, du respect, de l'estime,
En Mari toutefois qui conduit & qui prime :
On a beau publier & prôner en tous lieux
Que le sexe est hautain, qu'il est imperieux ;
La Femme en son époux aime à trouver son mai-
        stre,

Lorsque par ses vertus il merite de l'estre ;
Si l'on la voit souvent resoudre & decider,
C'est que le foible époux ne sçait pas commander.

Il en est, il est vray, qui dans leurs mariages
N'ont pas toûjours trouvé des Epouses bien sages.
Mais auroient-ils le front d'en oser murmurer ?
Ont-ils en épousant tâché d'en rencontrer ?
Eux & leurs vieux Parens avecque leurs besicles
N'ont pendant plusieurs mois lû, relû des articles
Qu'afin de parvenir par leur soin diligent,
A bien apparier deux tas d'or & d'argent,
Sans regarder plus loin sans voir si les Parties
D'esprit, d'âge & d'humeur seroient bien assorties.
Ils ne comprennent point que pour vivre content,
Le choix de la personne est le plus important ;
C'est une verité qui leur semble bizare,
Et qui n'entra jamais dans le cœur d'une Avare.

                                    Quand

Quand le premier Mortel fut mis dans l'Univers,
Pour commander luy seul à tant d'Estres divers,
Il vit, n'en doutons point, avec que complaisance,
Ses richesses sans nombre, & sa vaste puissance ;
Mais lorque degagé de son premier sommeil,
Le Seigneur luy montra la femme à son reveil,
La femme sa moitié, sa compagne fidelle ?
Quittant tout, il tourna tous ses regards sur elle ;
Et charmé de la voir, trouva moins de douceur
A regir l'Univers qu'à reguer dans son cœur :

La Gloire nous ravit par sa beauté suprême ;
L'Or nous rend tout-puissans & nous charme de même ;
Mais malgré tout l'éclat dont ils frappent nos yeux,
Des biens le plus solide & le plus precieux.
Est de voir pour jamais unir sa destinée
Avec une Moitié sage, douce & bien née,
Qui couronne sa Dot d'une chaste pudeur,
D'une vertu sincere & d'une tendre ardeur,
A ces dons precieux, si le Ciel favorable
Se plaisant à former un chef-d'œuvre admirable,
D'une beauté parfaite a joint tous les attraits,
Le vif éclat du teint, la finesse des traits ;
Si ses beaux yeux, ornez d'une brune paupiere,
Jettent, sans y penser, de longs traits de lumiere ;
Si sa bouche enfantine & d'un coral sans prix,
A tous les agrémens que forme un doux souris ;
Si sa main le dispute à celles de l'Aurore,
Et si le bout des doigts est plus vermeil encore :
Faudra-t-il deplorer le sort de son Epoux,
Et pourrois-tu le voir sans en estre jaloux ?
Il n'est rien ici bas de plus digne d'envie,
Ni qui mesle tant d'or au tissu d'une vie.
Les malheurs les plus grands n'ont rien d'aspre, d'af-
    freux,
Quand deux cœurs bien unis les partagent entre eux,
Et le moindre bonheur que le Ciel leur envoye,

Les

Les inonde à l'envi d'un Ocean de joye.

Si dans la bonne chere un Epoux emporté,
En dissipant son bien altere sa santé,
Par de sages repas, & sans dépense vaine;
Chez elle adroitement l'Epouse le rameine,
Et retranchant toûjours la superfluité,
Le remet pas à pas dans la frugalité.

Si son œil aperçoit quelque intrigue galante,
Alors elle se rend encor plus complaisante,
Souffre tout, ne dit mot, tant qu'enfin sa douceur
L'attendrit, le desarme & regagne son cœur.
Par elle tous les jours la Jeunesse volage,
Se retire du vice & du libertinage;
Par sa bonne conduite une famille en paix,
A des enfans bien nez, & de sages valets,
Par elle une Maison tombée en decadence,
Voit revivre en son sein l'éclat & l'abondance.

Ce n'est point seulement dans les premiers beaux
     jours,
Ni dans la jeune ardeur des naissantes amours,
Que d'un heureux hymen se goûtent les delices,
Son cours n'est pas moins doux que ses tendres
     premices.

C'est un bonheur égal, un bien de tous les temps.
   Ah! combien d'un époux les yeux sont-ils con-
   tens,
Quand il voit prés de luy pendant sa maladie,
Une épouse attentive, & qui ne s'étudie
Qu'à prevoir ses besoins & qu'à le soulager,

                                        E

Et qui pleure en secret dés le moindre danger ;
Tout plaift d'elle, il n'eft plus de medecine amere
Dés qu'elle paffe à luy par une main fi chere;
Et fi le Ciel enfin ordonne fon trépas,
Sans peine & fans murmure il meurt entre fes bras.

Ainfi s'acheve en paix l'heureufe deftinée
De celuy qu'en fes nœuds engage l'hymenée,
Pendant que le prôneur du libre celibat,
Luttant contre la Mort fur fon trifte grabat,
Confus, embraraffé d'un fi penible rôle,
Voit l'œil à demi clos, fon valet qui le vole,
Et fent, quoy qu'abatu de douleur & d'ennüy,
Qu'on tire impudemment fon drap de deffous luy.

Si fon deftin pérmet qu'un ferviteur fidele
Luy donne en ces momens des marques de fon zele,
Ses Amis font ailleurs, & pour comble de maux
Son lit eft entourné d'afpres Collateraux,
Qui craignant que des legs ne gaftent leur affaire,
Veillent à détourner Confeffeur & Notaire,
Apprehendant toûjours qu'un bol de Quinquina
En faifant fon effet ne le tire de là.

N'eft-il pas vray, mon fils, que cette feule image
Des aimables douceurs d'un heureux mariage,
Et fur tout de l'horreur qui fuit le celibat,
Te trouble, te faifit, te confond & t'abat.
Que ton efprit émû de ce qu'il vient d'entendre,
Des deux routes qu'il voit ne fçait laquelle prendre ?
Je fçay qu'à mon avis tu viendras te ranger,
Mais je te donne encor du temps pour y fonger.

F I N.

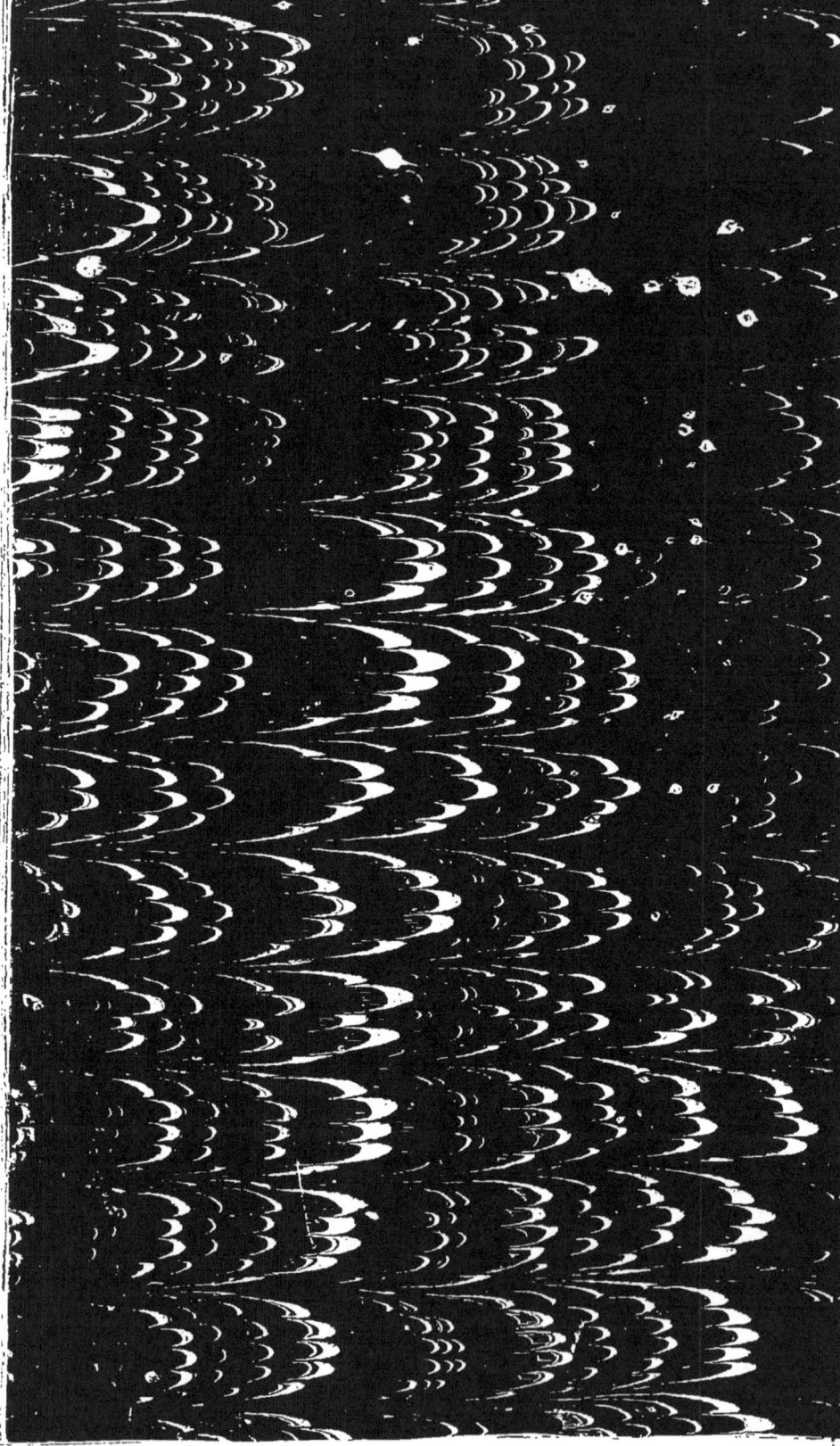

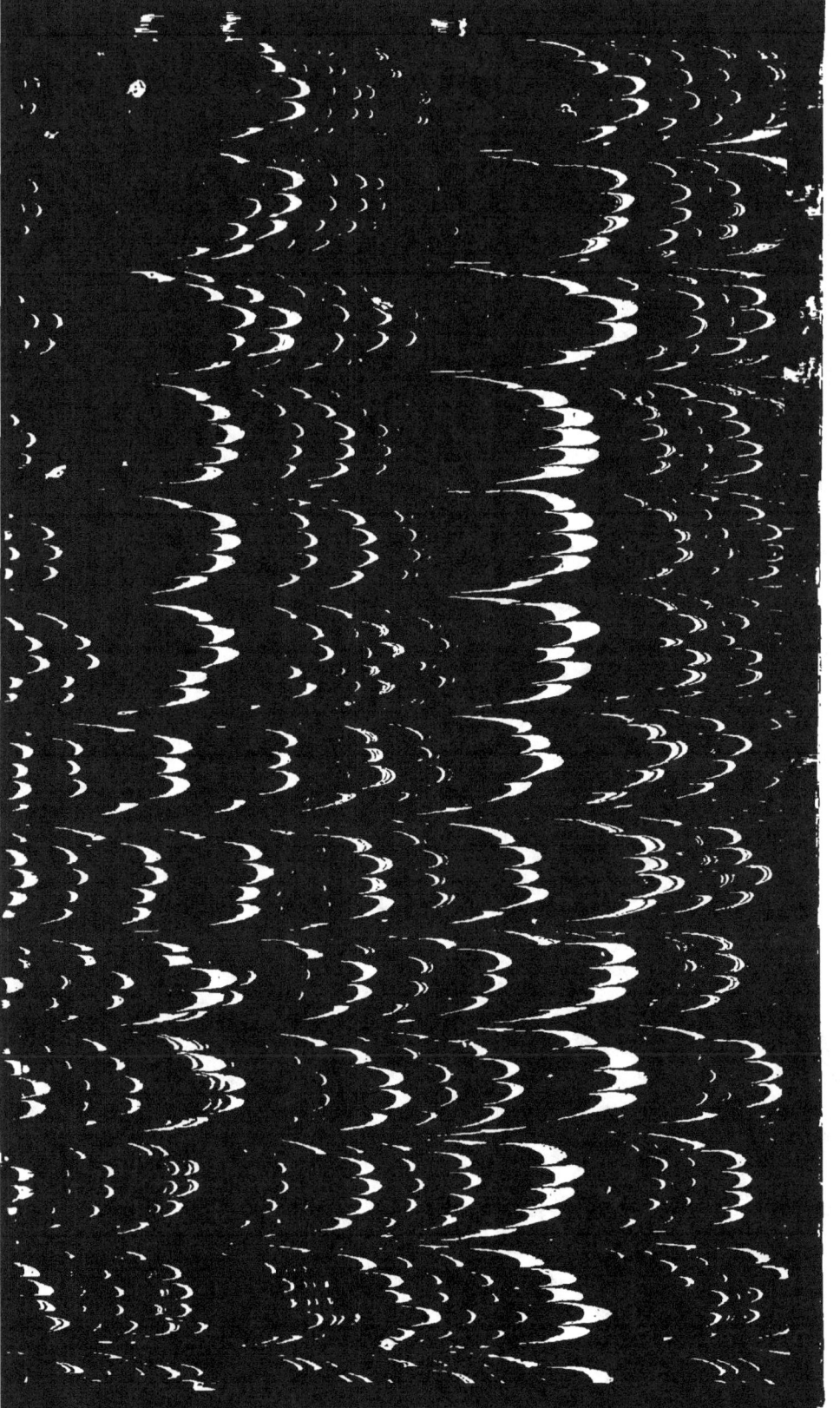

www.ingramcontent.com/pod-product-compliance
Lightning Source LLC
Chambersburg PA
CBHW061647180626
46818CB00003B/994